歌集

風の記憶

吉越陽子

砂子屋書房

＊目次

第一章　沙羅の若木

第二章　ゆづり葉

第三章　風の記憶

装本・倉本　修

歌集　風の記憶

第一章　沙羅の若木

夕映え

枯葦のしげみ幾つを抱きつつ潟の水昏れにはかなる闇

夕映えは遠き家並みに退きて潟の水辺に火影たゆたふ

たちまちに昏れたる潟の空低く羽音著けくひしくひ戻る

葦繁る潟の靄立つ奥処より寒気ふるはせ朝日の出づる

霜をおく木橋危ふく踏み巡る朝の潟の白鳥の声

風のゆくへ

東京より一人旅にて到着せん一年坊主を駅頭に待つ

一人称を時には俺と言ひ直し活（いきる）は男子の面見せ始む

窘(たしな)めん言葉を胸に反芻し娘に向かふ潮時計る

昔ながらの母のおせちの卵焼き艶やかな黄も焦げ目の照りも

若葉もゆる雑木の谷を吹きわたる風のゆくへを思ひてゐたり

軒低き飛驒のひなびし店先に赤き蠟燭仕上がるを見つ

ブラインド吹き上げ騒ぐ風ありて深き青葉のもみあふ光

江戸褄

「のつちやんの結婚式には是非出たい」病む身をおせる母を見守る

病める母まとふ江戸褄帯ゆるく帯をゆるくと我は念押す

頑張らむ意志ををりにわれに告げおのれ自身に聞かせん母か

指先の力かくまで衰へて母書く文字の薄く細れる

謗(そし)るなく謀(はか)るなかりし母を今いゆるあてなき病むしばむ

看護学教本

学びたる看護学教本(けうほん)幾たび改めておのが病を探れり母は

おのが病を探りて看護学教本操れる背(せな)　告知なさざるわが罪を打つ

病み臥せる母の無念をおもへれば送らん覚悟定まりてゆく

今生の別れ迫るや見開けるその目に母よわたくしを見て

こときれる間際に高き母の声ああああとわが耳にこだます

午睡より今にも覚めんおももちに白くゐませり棺の母は

わが知らぬ母の姿の見ゆるごと篤き弔辞の胸にしみ入る

母を食ひし癌の痕跡たしかめてほてる御骨の白きをひろふ

女手にわれら三人を育てにし母をひろへば壺に余りぬ

湧水の池のほとりに朱の色いまだ保てるどうだん一樹

春の雪

吹き降りのやみて明るき浮雲をよぎりて鳥の影いくつゆく

雪の夜はことさら母の思はれてやまず降り積む雪を聞くなり

きさらぎの光さしそふ梅の花夕づくほどに青ざめて見ゆ

降る雪の仄かに青し寒行僧の白衣雁木の灯あかりに消ゆ

七箇月の忌日を過ぎて丹念に記しし母の日記ひもとく

献体を願ひし母の意容れざりし遠き記憶に春の雪降る

ゆづり葉に似たる一生と偲ぶなり庭の一本母逝きて絶ゆ

若草のなだりに一本咲くあざみ春をかなしむ目にしみとほる

波打つ髪

かけよりて幼がわれに手渡せるカーネーションの赤き一輪

金色のしべを包みて花閉づる夕べ蓮（はちす）の濠に寂けし

胸に抱く数十本の薔薇の花茎に棘なきばらの寂しさ

波打ちて床に積れる髪のかさわがこだはりをふつつりと断つ

人ひとり訪ひ来しやうに自動ドア大きく開けて風の吹き入る

ヘルメット脱げば波打つ髪こぼれ子はしなやかに単車を降りる

宇治山田郵便局に託しけり十年さきの私への文

非武装地帯

岩また岩を危ふく登りし雪岳山（ソラクサン）そのいただきに霧をまたげる

ひと息に「キムジョンイル」を飲みほさん挙（こぞ）りて北の焼酎をくむ

非武装地帯を耕す民ありじやが芋の花の紫風に揺るるも

雛に餌を運ぶ燕の飛ぶ下にさざめき食ぶるビビンバキムチ

和太鼓のどろろんどろろんとよもせば篝（かがり）に映えて震ふ総身

五合庵

不揃ひの赤き実のぞく莢果にて拾へば幼のこぶしの形

四百年を経し白木蓮の影およぶ吉野秀雄の歌碑つつましき

マンドリン抱ふる若き朔太郎まなざし青き翳をたたへて

山寺を訪へば夕づく道の辺に紅さえざえと葉鶏頭もゆ

幾重にも散り積む紅葉沈ませて峡の湧き水さやかにあふる

雨にじむ紅葉の段（きだ）を踏み下りくだりて寂びし五合庵訪ふ

山峡の小暗き底ひの五合庵ひと間簡素に住みふりし跡

屋上へアームのばせるクレーン車深秋の空きつかりと裂く

根岸界隈

くぐり戸をぬけて静けき坪庭に小さきほこらと首洗ひ井戸と

表門と目と鼻の先にのぼりゆれ吉良饅頭を今にあきなふ

桝席に相撲を見んが夢なりし母おもひつつ初場所を見る

予期せざる一つ陛下の観戦にであひて親愛のわが手振るなり

いりくめる小路を子規庵訪ねゆく根岸界隈雪降りしきる

病臥する子規の愛せし糸瓜なりかの日のままに太きが垂るる

冷えし身の置き処とのれんくぐるなり傘に重りし雪払ひつつ

沙羅の若木

六月の沙羅の若木の傍らに母の墓建つ一周忌経て

水無月の母のおくつき鎮まりぬ沙羅のみづ枝に花咲くかたへ

山の手の墓地を囲める池の面をいまだ幼き菱の葉おほふ

母に似る面輪あらんか寺庭の日陰る五百羅漢みめぐる

かたはらに母の立ち来て匂ふごと形見の江戸褄風に吊るせる

虫食ひの紫数枚遺されて母の和ダンス未だ手をつけず

指先にちぎりし和紙のやさしさに杉の秀(ほ)に浮く十三夜の月

白孔雀

フラミンゴ首を連ねて駆くるときさながら生るる風は鴇色

白孔雀まどかに羽根を開くとき太く短き足を踏んばる

白孔雀羽根誇らかに拡ぐれば傷みて貧しき幾本みゆる

日をさけて木陰に寄り合ふサイの群重き石置くやうに動かず

うだる暑さを首まで水につかりつつ池に二頭の虎は目を閉づ

夏暑きこの庭園に飼はれゐてシベリア狼気品をたたふ

灼けし鋪道をひと瘤駱駝ゆらゆらとわが自動車を一顧だにせず

体毛のぬるるその四肢ふんばりて立てる子牛の涙ぐましも

魚津の海

秋深き黄葉の中に柊二英子の比翼の歌碑あり細き道つく

反魂丹本舗の製造実演にかの丸薬のたちまちに成る

反魂丹に賜ひし薄き紙風船つけばなつかし富山の薬売り

船の灯のひとつ遠くに見えながら魚津の海に夕べもや立つ

丈高く美男におはす家持の像一基立つ秋づく傾り

ひとつの出会ひ

かめに張るかそけき朝の薄氷（うすらゐ）に似たる月影淡きを仰ぐ

少年の放ちし紙の飛行機が宙にかそけく白き弧ゑがく

ゆくりなく清けき風の吹き通りひとつの出会ひ子の告げて来る

ついと来て縁に尾を振る尉鶲立ちて瞬時にその姿なし

濠水に片寄る桜の花いかだひそめる鯉の赤きひれ見ゆ

みぎわへと出でし蛇(くちなは)ぬめぬめと光りて水の面を滑りゆきたり

少年と入りたるゲゲゲの鬼太郎館真っ暗闇に鬼火ほのめく

震災見舞

三升米幾釜たくや七キロの米の袋の山と積まれて

見舞へるが幸せ者よ被災地へ炊き出しの飯一日たくなり

震災見舞申すべく弁当三百余なれぬ手つきに漸く仕上ぐ

被災地へ仕上げし弁当運びゆく車見送りエプロン外す

手に持てるナス苗置きて小銭選るわが呼びかくる募金の声に

「浄土真宗本願寺派に浄財を」か細き声の漸く出づる

澄める音に鈴鳴る如しくれなゐの紅葉を透きて秋の日そそぐ

無言館

征く前に告げたのですか愛すると画布の女人の澄めるまなざし

戦没地享年簡素に記されて遺る絵暗き灯りにかげる

底ごもる無念孕める無言館切なきかの世を今に伝ふる

パレットにときし絵具の固まりははかなく断たれし青春の彩

弱き目を細めて仰ぐオリオンの深みより来る蒼き光踏む

琥珀の鎮もり

鐘の余韻ひきつつ坊に参り来る面輪明るし屠蘇をふるまふ

年移る御堂灯せばつつしみて入り来る人々雪払ひつつ

三年置く母の形見の梅酒なり琥珀の鎮もり今宵くまんか

母の梅酒と友の花梨酒並べ置くたたふる琥珀の色異なりて

亡き母の庭に切り来し水仙が二月の厨の窓辺に匂ふ

花冷え

雪原に墓標の如し地吹雪に並み立つ樹氷ライトに浮かぶ

真夜中の月射すポストに預け来ぬ心かたむけ綴りたる文

いつの日の心覚えか皺みたる小さき紙片ポケットより出づ

久々に通る朝のこの小路真白き梨の花咲きゐたり

花冷えの今日の曇りに仄白く沈みて重し夕べの桜

軽やかに花冠そよげる春の花犬のふぐりは潮の青さ

市（いち）の橋岡田橋また知道橋青田川の橋のくさぐさ親し

ありし師に真向ふ思ひ『風騒』をまたとり出だし夜を灯し読む

風のごと

月みちて母となる日を待てる子は面輪豊けく毛糸編みをり

守り札さげし娘のマスコット抱きて生まれん孫を待ちをり

白みかけし未明の空気震はせて待ちし産声高々あがる

軽々と風のごとかりわが腕に生れて十日のみどり子眠る

傷つけず傷つかず直ぐに生ひゆけよ「立(りゅう)」と名付けしこの子の未来

木の葉つみ木の実拾ひて一向に幼の歩みはかどらぬなり

声上げてみどり児笑へば誘はれて見守る我らもどつと弾ける

米粒のやうなる文字に細々と子は八箇月の育児日記記す

第二章　ゆづり葉

紫たまねぎ　8F

蟻這ふ一木

日盛りの榛名の山のいただきに立てばわれはも蟻這ふ一木

朝露にきらめく銀の織き糸くもの営為を一気に払ふ

双頭の竜のごとしも鑁阿寺(ばんなじ)のふた分れせるこの大銀杏

月山のふところ深き岩根沢詩碑のそびらに霧たち動く

放浪の作家の留守を子なき身にいかに耐へしや佳人およう(は)

桟俵（さんたはら）敷き最上川辺にぽつねんとをりにし茂吉の孤独思ほゆ

大石田の町を貫く最上川雨にけむるを見下ろして立つ

もりあがる樹根を踏みて六百年の銀杏仰げばたるる乳柱

勧奨退職

反論を許さず粗く言ひ募る電話なりしが名を問へば切る

年金行政ただす巷の声寒く携はる身のからうじて立つ

四月一日異動にむけて練られしや退職勧奨突然にある

心中の思ひをこめし別れの辞涙ぐみしと言へる幾たり

わが意志にあらざるものを退職の辞令に記す「辞職を承認す」

心痛みて

日々つのる改革論議に揺るるこのかつての職場に再び勤む

雲間に白き夕づつ仰ぎ立つひとつ言葉の胸にこごりて

せめてわが成しうる一つ窓口に心をつくし言葉をつくす

昼も夜も心痛みて聞きてをり社会保険庁改革のニュース

社会保険庁叩く記事また載れるかと届きし朝刊に目をば走らす

否応なく職場改変の嵐吹く民(みん)へ民(みん)への声立つる中

おぼおぼと冬の日さして心淋(うらさび)し退職の同僚(とも)転勤の同僚(とも)

育ちたるわが組織死せり理不尽をただすわれらが声は届かず

ひひなづくし

時代時代をうつして優しき目鼻立ち享保の雛も昭和の雛も

この町にひひなづくしの小半日あたたかきもの内にあふれて

名を財をなしし旧家の奥深くしつらへありぬ細き抜け道

花吹雪の中に目を閉ぢわが聞かん遠き戦に散りたる声を

ゆるやかに季の巡りてしろじろと母のこぶしの降るごとく咲く

鷺草の花すずやかに開きたり夕べの水を静かに注ぐ

花鉢にひそめるとかげの白き卵なかのひとつが零れて弾む

夕べの水まけば鉢よりとび出づるみどり涼しき小粒の蛙

月の岩屋

冷やけき「月の岩屋」の雫して不動尊二百体鎮まり在す

不動尊まつる岩屋のかたはらに峡のひかりに落つる滝つ瀬

はるかなる風の重さよこぼたれし石の仏の目鼻にしのぶ

施無畏印結びてとはに石仏はその半身を地中に埋む

寄生せし菌の侵蝕ひそかにて果てたる蟻より夏茸伸ぶる

ある時はわが裡深く住む夜叉の頭もたげて人食ふ心

後の世に遺れるものと消ゆるもの一茶の墓の石塔そびゆ

これがまあ終の住処か焼け出され住みにし一茶の窓なき土蔵

塩の道

きらめきて星の光（かげ）降る万華鏡出店の先にくるくる回す

かやぶきの天山文庫へむかふ道赤きつぶら実がまずみ映ゆる

瑞々としたたる緑透る風ひとつ山家の天山文庫

自在かぎ下がる炉端に見回せば康成の扁額志功の一幅

山並は静かに青し穂薄の白きうねりを風と分けゆく

こがねの風しろがねの風湧き立ちて薄の原の静かにうねる

塩俵負ひて牛馬の通ひたるここ塩の道紅葉真盛り

おづおづと入りたる牛方宿暗く土間に続く馬屋、屋根裏の寝間

銀のフルート

若夏の森の高田のゆらめきて今朝しろじろと霧の雨降る

ひぐらしの鳴ける樹下のせせらぎに汗ばむ手足しばらく預く

蓮濠の淀みをすくふ子らのびく鮒ももろこもさながら光

しみじみと冴えたる音色寡黙なる子の今宵吹く銀のフルート

鍔広のあのパープルの夏帽子なくせし日より恋ひやまず秋

雪かむる細き流れに育ちゐんハッチョウトンボの春待つヤゴは

降る雨は礫の脅威夏草にすがりて耐ふるハッチョウトンボ

指先ほどのハッチョウトンボ煌めきて広き湿地を火の色にとぶ

朱の海老

花白き芙蓉の芯の鮮烈を眼に留め緋の絵の具とく

どの辺に地平の位置を定めんか真白き画布に萌ゆる春描く

クロッキーの未熟なる線走らせる臆せずさらす白き裸身に

上達は描くにしかずと友言へば今日は無心に絵筆を握る

共々に傘寿迎ふと描き賜ふ賀状に二尾の朱の海老はねる

一房の一粒づつに光置きて卓の葡萄の緑したたる

面相筆に心して描くしろじろと花咲くつつじのか細きしべを

夕づきて蕾をほどく月見草つきに会ふべく花白く咲く

沖縄返還

若泉敬氏の無念の志「他策なかりしを信ぜんと欲す」

若泉氏の重き苦悩のしのばるる沖縄返還その後の沖縄

沖縄返還なりし経緯に密約のありしやいなや糾弾厳し

容易ならざる一事もやがて忘れられん刻一刻とおしなべて過去

慟哭

つなぐ手の波こぐ瞬の間離れしとなきつつ瓦礫に妻を探せる

何もかもなくして打ちのめされし地に希望のともし産声あがる

朝刊に踊る見出しの濃くでかく大津波禍の嘆き「なにもねえ」

だしぬけに生を抓(つま)れし幾万の慟哭満つる月照る海に

ガラガラと安全神話の崩壊し瓦礫の中に襤褸原発

累々と万のかばねを積みあげて紙面を埋むる死者死者死者の名

しんしんと桜吹雪けばひつそりと佇みにけりこの世の桜

緑　児

臨月の娘の傍ぬひぐるみの熊ちやん眠る真白き夜具に

予定日を遅るる程に悩ませて焦らしてやをらこの子生るる

柔らかき小さきかたまり緑児の手足ムニュムニュ伸び縮みする

甘やかに心とけゆきわが血継ぐ無垢なる熱きかたまりを抱く

にぎはしき蛙のいつか静まりて程なくわらわらお玉杓子湧く

七百五十回大遠忌法要

本日の参拝客は七千人わがかしこみて御影堂に入る

厳かに雅楽響(な)る堂しづしづと華籠(けろう)捧ぐる僧の列ゆく

清水の産寧坂に夕の月仰げばまさに古都に今立つ

大仏の螺髪一個の大きさの柱の穴をするりと抜ける

イタリア

水上都市ここヴェネツィアに迫る危機陸を侵さん海面高し

宮殿のまばゆき部屋に連なりて裁きの一室厳かにある

再びは日の目見るなき絶望に渡る橋とふ「溜息の橋」

囚人の刻みし怨嗟と絶望の落書あまた獄（ひとや）の壁に

裁く正義の依れる尺度を思ひみる遥けき時代に断たれし命

雪百様の貌

霏々と降る粉雪猛く鳴る吹雪雪百様の貌(かお)知りて住む

住み古りし君の嘆きよぢりぢりと雪崩は大蛇と化して迫り来

満天の星ふり仰ぐ少年の尖りたるあご新雪匂ふ

少年の裸身のやうな冬の木々凍える朝の雪まとひ立つ

寺を守り単身赴任の如き夫凍みる朝（あした）の鐘つきをらん

適当な味つけだよと夫の言ふはりはり漬はほど良きうまみ

金環蝕みにゆきたしとわれに告げ目許のややに恥ぢらふ夫は

さればもう聞かせるものかまたしても手短に言へと夫の宣らせば

岬の分教場

反戦の祈りの歴史この島に刻みて「二十四の瞳」今も生き継ぐ

踏み入りしかの日の「岬の分教場」男先生の声女子（をなご）先生の声

教卓に広げありたる出席簿幼き十二名の面影立たす

脚光に遠くひそかに立居する黒子に黒子の影のかなしみ

謂れなき罪被りて処刑されし一族の墓真日の照る下

これがかの智恵子焦れし「ほんたうの空」か安達太良山の蒼穹

杉玉の今も下がれる生家なり庭のざくろは赤き実掲ぐ

アイヌ語の「アタタ」は乳とぞ安達太良の山脈（やまなみ）遠く乳首の突起

花あかり

氷雨打つ末枯れし蓮のるいるいとやがて帰すべき濠にうな伏す

青年と呼ぶには未だ早からん折々にして覗く童顔

灯の消えてぽつんと寂しき雪行灯その空間の蒼き翳濃し

雪白き回廊ゆけば昏々とみえざる濠にひびく噴水

大いなる一人逝きにしほころびを埋めん試練既に始まる

霧深き海辺の駅舎ぶつつりとここに途切るるレール生々し

先端にすがりて辛くも命ひとつ拾ひしといふその鉄塔仰ぐ

せめてもの救ひとならん花あかりみちのくに春三度を巡る

鎮魂の花のあかりと思はんか日本列島桜に染まる

痕跡をぢかに見て聞く衝撃にわが成すべきを自問しつづく

図書室の風

図書室の虫なりし日に輝きてモンテクリスト伯、ルパン、ホームズ

思ふさま夢の翼にかけりたる図書室の風ふいになつかし

ひょっこりと記憶の襞より立ちあがるかのカシモドとエスメラルダが

読みゆけばおぼろな記憶色を帯ぶかの日に似たる思ひあふれて

カシモドのつく鐘の音がありありと耳にこだます澄める音色に

偏見と迷信はびこる世はつひに罪なき乙女をいけにへとせり

戦場となれるシリアの母よ子を守り得ざりし苦悩を思ふ

ゆづり葉

ナースとふ手の職たいせつ昼夜なく働きてなほ母の貧しき

貧しくも守られ来たる過ぎゆきに父なき家をつひぞ嘆かず

妹を負ひたる母と歩きたる遠き道のり三つのわれに

上弦の月青白く射す窓辺貧しき来し方灯りて明かし

『ゆづり葉』と名付けし歌集遺されて母の過ぎゆき静かに語る

来てみろと誘ふ夫につきゆけば庭にゆづり葉ひそかに育つ

久々に母に出合ひし心地して日に幾たびもゆづり葉に寄る

第三章　風の記憶

白妙の花　20F

夕づくセーヌ

夜の灯にモンサンミッシェル立ち上がるひたひたと寄る潮の中に

切れ目なく人迎ふともとことはにかの日境に不帰の王宮

オペラ座の仄暗がりに坐して描く画学生らし線確かなり

ミラボー橋アルマ橋アレクサンドル三世橋くぐりて夕べの影こきセーヌ

雪しづる朝

電線に昨夜積む雪のしづる朝みえゐし春のにはかに遠し

ひつそりと仏間にともる燭を消す晩(おそ)き帰宅を母にわびつつ

明けてなほ耳朶に谺する言葉あり唇ほとほと寒き一日

静まりし一人の部屋を震はせて賜ひしショパンのポロネーズ聞く

片親の貧ゆゑ肩身狭からん参観の母まれに装ふ

参観の父母らの間に見ゆる母まれなる和服むらさき匂ふ

肩越しにいつも母ある安けさよ孝なさざりしわれを見守る

思ほえず涙噴き上げ亡き母を語らんとする言葉を封ず

乃可勢の笛

廃嫡に至りし真のゆゑは知らず忠輝悲運の一生といはん

父としてのせめてもの情去りゆける子に与へたる名笛「乃可勢（のかせ）」

おのが子を廃嫡とせし家康の内の嵐や花冷えの宵

桜咲く高田城址を吹き巡る風に乃可勢の笛の音を聞く

忠輝の無聊の友となり得しや父より賜ひし乃可勢の笛は

＊乃可勢……信長・秀吉・家康と時の天下人に珍重されて伝えられた名笛

遠き五月

労働者のはれの祭りと加はりし遠き五月のまぶしき若葉

かつてわがシュプレヒコールあげたりしメーデーいづこ組合凋む

初夏のしたたる緑ゆつたりと風の子となり風とたはむる

波打てるさまに木々の葉ひるがへす風のさやけしこの高殿は

追ひつめられし影虎自刃の城址に固く乾きて転ぶ松かさ

何人（なんびと）も永久に輝くことあらずおたかさん逝くひつそりと逝く

どことなくかの姥捨ての匂ひするホームが町に次々出来る

一通の封書届きぬ十年の時空を越えて過去のわれから

ああ福島

寄せられて山なす野菜米などの仕分けに人も声も飛び交ふ

黙々と黒き土嚢を積み重ぬ汚染土をはぐ作業現場に

バスでゆくこの界隈に人を見ず動物をみず夏草たける

「ゼロじやないマイナスからのスタート」とふ言葉の痛し放射能汚染禍

「風評より風化が怖い」遥かはるか未来の姿と復興を言ふ

対岸のホテルは闇の階を積むせせらぎ聞かんと繰りたる窓に

忘れてはならぬかの日を五年経つフクシマなどと呼ぶも痛まし

月光

刀傷柱に遺るを指に触る龍馬の駆けにし遥けき夜明け

能筆の漢文体の文幾つ龍馬の手蹟ほれぼれと見る

まなじりに射す紅の冴ゆる面いづれ舞妓の仕舞（しまひ）は二十（はたち）

すつぽりと月は地球の影のうちされど地上の光損なはず

中空に進む月食仰ぎつつ篠田節子の読後を語る

太陽と月と地球の物語夜空に赤き月欠けはじむ

星の降る今宵神話の神々は空のまほらに次ぎてあらはる

旋律は星降る今宵の空にとけ「月の砂漠」を隊列のゆく

夜に見てあけてまたみるふた分けに滾りて落つる白き滝水

日常をしばし離るる気まま旅たまのぜいたく身にしみてよし

むすめふさほせ

子の心ふたぐ氷塊とくるらしポインセチアの緋の色まぶし

久々の「むすめふさほせ」そらんじてわが小三のクイーンに対(むか)ふ

ふくらめる手帳の嵩は折々に記しし悲喜の断片のかさ

自然薯でとろろをすれば泡立ちて豊かなる汁ふんはり揺るる

たつぷりと夜半の雨水に洗はれて庭の地銭の全(まつた)き緑

雪深き里の小寺を守る夫日々の予報に心とがらす

絶え間なく雪を片して暮るるかなこの雪国に終らん君の

裸木の伸ばせる無数の針の枝きさらぎ尽の空を突きさす

別れ再び

出勤の捺印これが最後にてつつがなく終ふ再びの職

この職に力尽ししわが営為はかなしとせず四十余年

勤め来し四十余年を締め括る言葉しみじみ「大過なく終ふ」

職ひけばわれに残れる何あらむパソコンの文字の青き明滅

＊

職退くに賜ひし色紙の寄せ書きは身過ぎ拙きわれの勲章

わがための送別の宴いくたびかおそらくこたびは終の花束

日々の仕舞に飲める茶うまかりき職ひけばつひに還らざる味

一日の時間長きにまだ慣れず職退き半月今日も雨降る

辺野古ＮＯ

「過去に目を閉ざせる者は現在にも盲目となる」わが宰相よ眼をあけよ

確実に疲弊し衰退しゆく町地方創生いまさら言ふも

沖縄に戦後まだ来ず辺野古ＮＯのプラカードの波うねりてやまず

「辺野古ＮＯ」の意志にせめても寄りそはんささやかなれる基金を送る

苦しみの歴史尾をひく沖縄に「みるく世がやゆら」*と問ふ若き声

＊今は平和でしょうか。（沖縄慰霊の日）

民意背にきりりと国に立ちむかふ知事の孤愁をひそかに憂ふ

基地ゆゑの嘆きかはらず意を尽くし心尽くしし大田氏の逝く

陛下宣(の)らせし「記憶するべき四つの日」その一つにて沖縄慰霊の日

富岡製糸場

驚きて耳を疑ふ一粒（いちりふ）の繭におおよそ千二百メートルの糸

繭ときてか細き糸に織りあげし絹とふ布の風のきらめき

おのが吐きし糸を紡ぎて籠る蚕（こ）に繭はこよなく優しき形

絹となるまでの遥けき工程に苦しき女（をみな）の手わざありけり

製紙場を「売らない貸さない壊さない」掲げ来てつひに世界遺産に

火垂るの墓

木の個性包みてやはき起伏なす紅葉一期山の耀き

涙垂り「火垂(ほた)るの墓」を見たりしが不穏の時代いままた迫る

硝子戸の曇り拭へば霧の海寂寞として拉致者還らず

煩悩を断たんみ法(のり)の声なりや連打の鐘のとどろきしみる

盲目の女人の生きるすべなれば瞽女(ごぜ)さは峠を越えて旅ゆく

瞽女の荷と同じ目方にしつらへし荷を負ひ共に旅せし画伯

高田瞽女伝承しゆくはわが務めまなざし静かに展主答ふる

ジハードとは何ぞや神とはいかな神殺戮やまざる星にわが住む

サンタの小函

木の翳り及べる歌碑の文字暗し塔の九輪のかそけく響（な）りて

クレソンは放ちし水に立ちあがり夕みづみづと口中涼し

薄紅のリボンはらりとときながらわくわくとせりサンタの小函（こばこ）

波うねる海ぞひゆけば海中に虹の片足夢のごと立つ

冬枯れの川辺をふいに発つ鷺はくもれる空を切りて遠退く

刻まるる名のなきわれも連綿と続く歴史の流れの一人

降る雪に仄かに及ぶ教会の塔の十字の銀の灯あかり

ブランコ

桜(はな)の下にブランコゆすりくれし父幼き記憶に父の顔なし

見目形よかりし男　七歳の記憶の父はとうにまぼろし

今にして木萩と知りぬ里の家の紅葉の根方に咲きゐしむらさき

ほの温き杳き灯に浮く貧しかる母と囲みし丸きちやぶ台

車ごとさらはれさうな風ひと日荒びて家も心もきしむ

むかひあふわが貌いかに見ゆるらんあなたの視力悪しきを願ふ

君子蘭鉢の五つが連なりて花の吐く息家内にみちる

ツーショット

葉隠れにぽつたり点る枇杷の実の柔き丸みの夕日色もぐ

うつむける白き面（おもて）をついと立つ一雨ののち冴ゆる芙蓉は

涼やかに鷺草今日またひとつ咲き昨日の花と共に揺れをり

見る限りもやたつ海の弧の中にかそけき船の影さへもなし

幻となりしかの日のツーショット君にはたゞがわれには宝

疑はずひたすら携へ来たりしが今更にわが玩具悲しき

風の道みゆる蓮の濠の辺に思ひ出づるは葉月の誓ひ

やり直し

つまづき迷ひここに漸く至りたりやり直しなどご免かうむる

夕寒き風となりつつゆく道にくれなゐ明かく映ゆるどうだん

ゆきずりに見る公園の温かさ銀杏の紅葉ふんはり積みて

子の胸の痛みすなはち我が痛み霜月の雨降りやまなくに

子の大事なればおのれは二の次と思ひ定めて心を鎮む

刻々と過去となりゆく時を積みいくばくあらん深く残るは

ひんやりと胸に凝れる負の記憶秘密の小函に封印したり

子育ても生き方さへも標なき航海に似て淡き月影

蜘蛛の雌雄

いにしへ人の怖れまがなし刻々と欠けゆく暗き日輪の下

川水をたばねる海の蒼深しましづかにして潮をたたふ

ほとほとと誰ぞノックす入りたまへわが窓鎖せる錠なきほどに

ひたぶるに朱のしべ伸ぶる彼岸花ほむら立つ秋画布に留むる

網の巣に蜘蛛の雌雄の棲めるなどつひぞ知らざり微小なる雄を

相対し微妙な間合ひ保ちつつじつとゐるなり雌雄の蜘蛛は

周到に木の間に渡せる蜘蛛の巣に日がな餌を待つ音なき構へ

チェスを制し囲碁を制して次は何やすやす人知を超ゆるＡＩ

棘の世

この狭きわが通学路ひつそりと腰縄打たれし男通りき

網笠におぼろなる貌(かお)　悄然とひかれゆきたる男の記憶

壁にあらず橋をかけむと声ありぬこの棘の世をしつとりぬらす

わが星はいづこへ向かふいつとなく右も左も「己だけが大切」

途方もない四百年はた十万年放射能廃棄物管理の時間

人間の制御しえざる原発を遮二無二稼働せんとす国は

集票結果を民意と決して思ふまいこの国の政治に未来危ぶむ

報道の自由度ランキング七十二位お寒き日本の何信ずべき

春の潮

さやさやと寄せ来る碧き春の潮イヌノフグリに風吹きわたる

彩りは天の配剤うすべにの桜は今日の青空に映ゆ

折れ蓮の水漬く濠面に波立ちて桜の白き影払ひたり

潮風の通ふなだりにゆれゆれて浜うどの白き花咲きゐたり

旅立ちをうながす幼のひと吹きにたんぽぽの綿毛ふうはりと発つ

夫の指す方にけぶれる桐の花心たまゆら残して過ぐる

吹き入れしわが息ふんはりまあるくて紙風船を軽やかにつく

追憶をなづる静けき風ありぬ原一面に白詰草咲く

「太陽がいっぱい」

完全犯罪とげし自信の笑みにしてかく不敵なるアラン・ドロン鮮烈

刻々と罪あばかれんニーノ・ロータの曲かきたつる帰結せつなし

冷酷な声鮮やけき「死刑台のエレベーター」ジャンヌ・モロー死す

長峰城

築城はつひに成らざる長峰城かそけき痕跡いまに留むる

大山桜の苔むす大木仰ぎつつ土塁の版築構造を聞く

城跡の雑木の藪にとけこみてさるとりいばら紫式部

当時知る人のなければおほよそは想像のうち歴史おもしろ

なしの実の落ちて腐れてゐたりけり夜泣き地蔵に参る道の辺

蜜月

ややありて届きし文の行間に言ひ淀む君の心をはかる

傷心を君いかにして養はん暗き氷雨の降りつげる夜

胸に蔵(しま)ふさやけき風のごとき君かの蜜月は過ぎさりにけり

くさぐさの名残惜しめばよみがへる君と交はせし言葉片々

「陽子先生」などと吾を呼び睦びたる君の声音の忘れ難かり

風立てば一面の蓮波打ちて濠に涼しき楽鳴りはじむ

ぽつつりと日の丸掲ぐる家のありさう今日は祝日なんの日だつけ

精進に精進重ねつひに綱とりし稀勢の里の土俵入りよいしよ

廃屋

重々しく定紋掲ぐる家あはれ朽ちて時のみしんしん積る

土壁のくづれし家を幾重にも覆ふ荒草あをあをとして

ここかしこ打ち捨てられし家また家秋の日盛りひとつ村過ぐ

ことごとくいづれ命は亡ぶものしみじみと見る破れし廃屋

村ひとつ一望出来る丘の上に墓守る一位幹太く立つ

秋の蛾の長き交尾の静謐に立ちすくみたり風ひかる山

クローンの猿二匹が生まる寄り添ひて怯ゆるやうに見開くその瞳(め)

雨月秋雨

この幾夜月の見えざるほの闇をしとどにぬらす雨月秋雨

柿の皮夫とひたすらむきてをり湯を大鍋に滾らすかたへ

渚辺の木組簡素な船小屋に白く静まる孤舟のかげり

しなやかに湧き立つ白き薄穂のうねりやまざり風しるく見ゆ

運慶展見終へてどつと疲れたり鎌倉の世を駆け来し疲れ

ひゆるるーん走る銀輪新しき風を生みつつ秋切りてゆく

憲法を軽んじながら声高に改憲を言ふ笑止ならずや

冬の夜のかそけき無心を伝ふ声「あなたの沢庵一本ほしいの」

雪国高田

霧雨のあがりし気配おほひなる虹ふたつ立つ冬の北空

親として至らぬ来し方身を責むるひそと鎮もる冬のわが部屋

霧にぬれはだしで一途に人を追ふ苦しみのありひたむきと言ふ

段をなし寄せて退きゆく冬の波ほろぶことなき反復にして

降る雪に家内ほのかに白む夜半深閑として見知らぬわが部屋

杉、欅、霞みて遠ししろじろと冬の名残のやうな雪降る

生れてより出づることなく住みふりし愛しきこの地雪国高田

眼鏡

御仏に活けおく冬の南天竹　凍りし水は白瓶くだく

松は松、欅は欅、遠目にもおのづからなる骨格に立つ

このところわたし幾分きれいかもならば眼鏡をかへずにおかう

子育ての杳きとほき日ぎゆぎゆつとただ抱きしむれば良かつたものを

母われの拙さゆゑにそむきたる娘の帰港待ちわぶる日々

取り戻すすべなき悔ひをひとつ抱き子の胸の扉（と）の開く日を待つ

心尽くし言葉尽くして綴る文　母わが祈り汝（な）が胸を打て

ねんねこに子を負ふ若きママを見しそれより一日無性に温し

たましひの人

図書館に通ずる小道たましひの人石牟礼道子に会はんとぞゆく

もしかして誰ぞの夢にわが立たばゆめゆめにつくき女人であるな

的を射し歌評も透る声もなしこれより永久にあなたは不在

春の気配漂ふ頃にきつとねと約せし電話つひとなりたり

水注ぐ池の韻きに誘はれて白猫ひとつゆらり来て飲む

「継続は力」と恃みつなぎ来しかすかな望み切れたり今は

寝ねぎはに成りてうれしき歌ひとつ蜜の眠りにあとかたもなし

失ひし上句かなしも暁に幾たび記憶の海にこぎ出す

日光菩薩月光菩薩

取り組みしサインコサインタンジェントふいに懐かし杳き学舎（まなびや）

競り落しし紅ずわい蟹無雑作に積みて引きゆく戦利品とて

さらさらときらめく粒子こぼれ落ち白き山なす時計の砂は

夫の挿しし白きつつじに次々とつぼみ弾けて銀の蕊（しべ）反る

一切は護りて人に告げざれば一生の深き傷と残らん

定めなきこの世の憂ひ身に重く日光菩薩月光菩薩

半生をぽつぽつ詠み来しおのが歌生きのしるしにあればいとほし

一瞬を重ねて一日(ひとひ)やがて月、一年(ひととせ)、一生(ひとよ)残す何ある

あとがき

このたび歌集『颪の記憶』を上梓しました。私にとっては『選択肢』に続く第二歌集となります。

ある契機から突然、短歌の虜となってすでに三十有余年を短歌と伴走してきたことになる。けれど指針とすべき歌論の持ち合わせもなく、単に好きだという一点でこれまで続けてきた。だから今もって身の丈にすぎず底の浅い奥行きのない作品ばかりである。第二歌集を出すなど大それたことであり、そのつもりは毛頭なかった。が、歌友のひとりに「私が元気なうちに是非出してちょうだい。その際はあなたの写真と絵を必ず入れてね」という言葉に確たる覚悟もないまま、うかうかと返事をしてしまったのである。

私の作品は身巡りを吹くかすかな颪をとどめたようなものと言ったらいいだろうか。そんな思いからタイトルを『颪の記憶』とした。

この集は、平成十五年から三十年の春ころまでの作品をおおよそ暦年順に四四二首納めている。平成十五年秋にかけがえのない母を亡くしたが、この集の始まりはその時期とちょうど重なる。常に生活の中心であった職場・家族・自然等々のほんのささいな嘱目の集積である。せわしない時期・喜びや悲しみ苦しみに満ちた時期を緩やかに脱し、心穏やかな現在の境地に至るまでの軌跡と言えるだろう。

お読みくださる皆様の心に届く作品が一首なりともあるだろうかと心許ないが、お読みいただきご批評ご叱正たまわれば幸いである。

還暦を過ぎた頃だっただろうか、講師の先生のお人柄にいたく惹かれ水彩画の教室の門を叩いた。上達はまるで覚束ないがこれまで細々と絵筆を握ってきた。前出の歌友の勧めにしたがってそうした絵を二点と近影を納めている。恥ずかしながらご笑覧ください。（ともしたら、出過ぎたこととお叱りの向きがあるのではと内心忸怩たるものがあるのですがどうぞご容赦ください）

出版に際しご多忙の中、選歌の労をお取りいただきご助言いただきました、上越歌人会『北潮』の代表、草間馨子氏（音の同人）に深く感謝を申し上げます。

また、『運河の会』代表の山谷英雄氏にはご多忙にも関わらず快く帯文をお引き受け下さり併せて激励をいただきました。只々ありがたく感謝のほかはありません。

『運河の会』並びに上越歌人会『北潮』の先輩諸氏、歌友の皆様のご指導に深く感謝を申し上げます。

短歌の初歩から懇切に導いてくださった『北潮』の故鹿住晋爾先生をはじめ既に故人となられた先輩諸氏に敬意をこめて心から御礼申し上げます。

最後に砂子屋書房の田村雅之氏をはじめ装幀の倉本修氏、関係の皆様には大変なお気遣いとお骨折りをいただきました。ありがとうございました。

この歌集を十五年目の母へのささやかな鎮魂の供華としたい。

平成三十年七月吉日

吉越陽子

著者略歴

吉越陽子（よしこし・ようこ）

昭和19年12月　新潟県上越市（旧高田市）に生まれる
昭和58年7月　「運河の会」入会
〃　上越歌人会「北潮」入会
平成7年5月　第22回「北潮賞」受賞
平成15年11月　歌集『選択肢』上梓

新運河叢書12
歌集　風の記憶
二〇一八年九月二五日初版発行
著　者　吉越陽子
新潟県上越市高土町二―一五―三一（〒九四三―〇八二三）
発行者　田村雅之
発行所　砂子屋書房
東京都千代田区内神田三―四―七（〒一〇一―〇〇四七）
電話　〇三―三二五六―四七〇八　振替　〇〇一三〇―二―九七六三一
URL　http://www.sunagoya.com
組　版　はあどわあく
印　刷　長野印刷商工株式会社
製　本　渋谷文泉閣